雪，弄停了时间

应文浩　著

线装书局

 目 录

第一辑　修　正

- 003　在路上
- 004　一枚硬币
- 005　我遇见的孤独是明亮的
- 006　放　养
- 007　雪，弄停了我们的时间
- 009　林间风
- 011　修　正
- 013　蚯蚓曲
- 015　未　来
- 017　内楼梯
- 019　生　日
- 021　你的另一个自己叫影子
- 023　华尔街铜牛
- 024　我们的未来
- 025　大　于
- 026　红　枫
- 027　黑
- 029　复　苏
- 030　永恒也是单调的

032 　我不能
033 　我们活着
035 　忽　略
036 　雪之一
038 　熊熊的炉火没有熄灭
040 　交　出

第二辑　帘微漾

045 　我喜欢这个世界
047 　鸟飞过的时候
048 　塔
049 　仰　望
051 　高　度
052 　帘微漾
053 　到　达
054 　我看见的，就是我的
055 　真　实
057 　洗　礼
059 　喂，四月，你站住
060 　垂　钓
061 　我和它们的天空

062　你笑了，你就是佛
064　搭
066　把美好打开
067　真　理
068　居　所
070　爱的选择
071　挖
073　白　莲
075　我们的爱
077　最美好的
078　你要承认

第三辑　雪寂寥

083　新年，请赐我们一场雪
085　愿世界静美如夜
086　包　袱
087　2017年的第一首
088　鹁鸪鸟
089　人类的悲哀大于雪
091　雪之九
092　雪之十

093 雪寂寥
094 雪之二
095 雪之三
096 在城市雪同我们做了一场游戏
097 雪之五
098 乌龙潭（雪之六）
099 回　家
101 人世走廊
103 南京城
104 悬　挂
105 第十首
106 怀念一座城
107 你　若
108 元宵节，神只做了一件事

第四辑　时间的巨鸟

111 桂花开了
112 上帝的胡须
113 狙击手
114 变　小
116 黑力量

117	生　长
119	快乐之光
121	时间的巨鸟
123	那棵雪松成了我兄弟
124	抄　袭
126	月亮的模样
128	幸福声拦住了我回家的路
129	生　活
130	晴朗的日子就要来到
132	清明，十点以后有雨
133	高　矮
135	我看见过
136	自由钟
137	北京到纽约
138	标　准
139	黑白两家
140	永　恒
141	他的寂静如此的低
142	客观的石头
143	最后的声音
145	人　啊
146	交　替

149　女儿出嫁
151　视　域
153　一定有什么牵着你来到这个世界的
155　戒
157　镜　子
159　位　置

第五辑　当你平静

163　微雨，在琼沙3号甲板上
164　清晨，在琼沙3号甲板上
165　在琼沙3号上
166　傍晚，在琼沙3号甲板上
167　春喜鹊
168　我们能想到的爱
169　寻　找
170　傍　晚
171　影　像
172　我要去美国了
173　你离我究竟有多远
174　鹅
175　我想去崔岗

176	当你平静
178	葡　萄
179	一个航班
181	梨，花果如一的白
183	原始股的春天
185	春天其实就是一片高地
186	你的名字是一面镜子
187	灯　节
189	扫
191	雪白得可以看清事物的脸
192	雪来得这么简单
193	浮山堰
194	丰收锣鼓
195	明中都城遗址
197	淮河岸边
199	大柳草场
201	正定古城墙
202	正定隆兴寺
204	致屈原大夫
205	五月，云一样从我们面前飘过
206	如果你们同意，请举杯！
208	置

209　在梅林
211　致菊花岛
213　浑河的词典

第六辑　评　论

217　中国诗歌网第 16 期每周之星之点评　/　简明
219　在自己诗歌中生长　/　钟硕
224　从语言秩序到人间在场　/　蒋卫

第一辑

修正

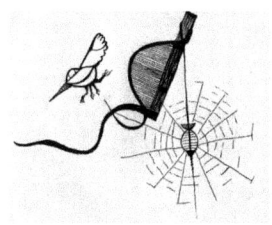

在路上

先贤们
随流逝的光亮远去
在天之上
以他们所在的高度
能够看见夜空
松软的黑土地一样
贴地长着金色的花朵

仰望的人
惊叹、折服
闪烁的光芒箭
在圈出位置

闪烁的不会是永恒
它在通向岔道口的路上

一枚硬币

一枚硬币
在空中旋转
你看到了
世界是模糊的

假如硬币不会落下
世界会是圆的

现在硬币落下了
像一面笑压着一面哭
又像一个他托举着另一个她
它们仅仅隔着
一枚硬币的厚度

我遇见的孤独是明亮的

怀疑?
不!
它像能量

我看见它像一盏日光灯
填满房间
有时从窗口溢出
仿佛关不住的春色

在公园里
我看见它像鸟儿从枝头抖落下的花瓣
漫游,闪光,散香

我还看见它移至夜空时
开出的微弱星光

我遇见的孤独是明亮的

放　养

所有的晴都是微笑做的
你知道它的光圈多广多远
它摄下加了矾的青蓝
漂洗过的白云块
和众多举头人的眼睛
并且宣布：天大于地

所以，天养万物
所以，天滋润一切事物的道理

可佛却说
越是众人皆举头时
你低头看
你若能看清自己的心
便可放养天
和天放养的一切

雪,弄停了我们的时间

一早起来
开门见雪
大亮的世界
仿佛一生的顿悟

澄明里
雪域的弧面上
停着时间的白蝴蝶
在远处,在更远处
雪替我们延伸了边界

世界放在雪上
没有异于雪和冷静的羽毛
净和寂静很低,贴着雪

此刻
你若有踏破之念
就会落进深渊

雪弄停了时间

栏杆外，桂花的叶子
个个驮着雪
如和光下一群
背着孙子的奶奶
像一块薄纸
想要包住一粒糖

天空下面
停泊着干净的光
少顷
渐渐露出的万物，引着我们
再次回到时间的圆物里

林间风

2014 年
在秋的一个细部节点处
是你，独自从晚色中撕开一个口子
虚掩入林

有那么一个时辰
或许是两三个时辰
你同神一起站立在秘密的黑光中
抽去空气一般稠密的时间
你成了一座空心雕像

真空外的林间
仍能听见沙沙声下着
似有看不见的生命
在草垛里滚动

一些事物就要结束
一些事物就要开始

秋虫吱吱声如银亮的针线

串起多米诺牌

依次倒下的声音

修　正

这是个午后
许多人被围困在春晕里

我的悔过像天空的一缕白云
结中有结

天空下的世界大吗？
可阳光盛下了它
这个世界善良和罪恶一样多吗？
可你看这里的阳光
多暖、多浓、多匀

也许是见着父辈们生命之灯
——熄灭的缘故
这个春天，我的宽容浩大
仿佛整个春天尽是洗礼的水
阳光下，我突然感觉鲜亮起来
我散发着光芒

瞧，我的影子，多么明亮——
它像我反复修正的过错

蚯蚓曲

似乎很久了
接近永恒的
悬挂着明朗和辽阔
不落,不灭

它们的辖下
山水,亮着
草木茂盛如灯盏,亮着
铺着赭色地砖的广场上
蚯蚓的干尸,亮着

大雨过后的蚯蚓
失去黑暗的蜜、自由的空隙
呼吸,已不能顺畅

不说对,也不说错
逃离
只是为了舒畅的呼吸

我在人们所说的善良和邪恶
同时在别处闪亮的时候
查看过地砖上死去的蚯蚓：
没有一条身体是直的

未　来

大年初二
在去办公室的路上
我闻到了草木的清香——
倒着的未来
它提醒我
春天又来找我了

暖暖的阳光
灿灿烂烂，不枯
好看的颜色，不褪
这是我们永久的未来吗？
我抬头看看太阳
刺目，看不清

忽然听见鸟叫声
哦，不远处
颤微微的枝头
尖尖地

向上
仿佛是我们看得清的未来

内楼梯

你若俯视
它会向下滑动
你若仰望
它会想飞

不如像一缕阳光
对着它
缓缓地舒着口气

或者扮一束月光
乘夜溜进来
临走前对它说
我会再来看你的

最好能像
它的女主人
不紧不慢
提裙拾阶而上

早知幸福是她的男人

正在楼上

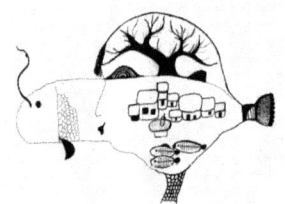

生　日

"明天是你的生日"
这才记起我和万物共生已久

五十年了，河流的容光
山的静光和落在花瓣上的曳光
都如溪水一般的清澈
我承受了，却忘却了赞美

对于那些茁壮起来的
我就像暗物质
给我一锤
我能燃起一朵花吗？

而现在
天空高起来了，群山退后了
世界会带我走向何方？
仿佛远远地看见一盏灯火
走近了，是一棵生长的幼树

抬起头,远处又有一盏灯火
比之前的更美

哦,我担心啊
这世间该拥有怎样的赞美
才能配上我的生命存在的快乐
和万物给我的光芒

原谅我的心
毛玻璃一般不够明亮
但请允许我以发光体的身份
爱慕那初生的红光

你的另一个自己叫影子

这个冬季
正午的阳光晒不暖风
紧跟着你的影子
有些畏缩
有些颤抖
大地上的铺装
除了阳光灿烂
就是事物躺着的影子

天黑了
寄生在你身体里的影子
不敢走出来
第一盏灯亮起
你的影子开始出没
或远或近，或大或小——
如蹑手蹑脚的奴仆

走到拥挤的大街上

雪弄停了时间

你的身体被几盏灯
同时诱出影子
追逐着
与莫名的影子踩踏着
此刻，太多的灯
给了你慌乱的欲望

会的，总有一天
你会平静地躺下
再次与土合为一体
你的身体——
一块白布
盖着影子的遗体

华尔街铜牛

可以肯定，它不属于孺子牛
说变异也好，说爆炸也好
总之既然牛可以这样造
不妨造得大一些
可以在日本、菲律宾、越南
造一些子牛——
代表制造也能生子
牛蛋还可以造得更大一些
至少不能小于追随者的头颅
至于亮度嘛，就不必考虑了
它肯定亮不过你我的眼睛

注：华尔街铜牛为纽约市地标。

我们的未来

那日我和一棵树、一只小鸟
站成一排
我们用走,用驻,用飞
披金蓑衣

那棵树成为木头的时候
我还在世上

我不在世上的时候
一只相似的小鸟飞来
在枝头叽叽喳喳

是的,稍后你也将离开
像花儿被——唤入轻梦
一个深爱我们的人
召唤我们聚集
逐个抚摸每一张脸
给我们添一身新衣
又送我们出发

大　于

红枫像来临的日子
撑起一排排篝火
静如朝霞

上万个红盖头
在你面前
你感觉到她了吗？

看得见的白鸽
眼睛像枫叶
大于花朵的展开

红 枫

像朝霞还是旗的海洋
所有的事情都跟着你
踮着脚跟向上

紧跟其后的是明天
她不言语

只是请你替她舞一曲
像火苗一样
在阳光的幕布上
移动影子

黑

黑
躺在路面上
附在叶下树枝上
骨瘦如非洲儿童

它们冒着热气、白汗珠
像一群饿极了的乞丐
想要的热,数倍于贵族白

黑也像我们
像我们一生未感知的过错
黑,越来越深

一张薄如影子的照片
囚在黑边里
悼念的人一个个走近
近距离传递温暖
是否,影子会再次饱满起来呢?

退场，作一尊者接受躬身礼拜
他躲过了什么？
活着便有遗忘，他会是那份旧物吗？
有顿生的怜悯与感叹：
"死去，就是住在黑暗里"
我们开始善待自己
善待万物

从此，我们住在灯火里
美和花开在了一起
世界是一盏灯
活着是一盏灯

复 苏

这是个二月的中午
蛰伏在我后背上的
仿佛叫不上名字的虫子
种子发芽般地
渐渐地爬了起来
一根一根，穿透我黑色的外衣

这是我在田间行走中感觉到的
它让我想起力量
那个让花草和树木渐渐抬起头颅的力量
那个让麦苗倾倒于自己身影的力量
那个我们丢弃了又想起的力量
正在我的后背上，想着同万物一起复苏
从不轻言远离

永恒也是单调的

六月的早晨
犹如睡衣里的佳人
我站在石凳旁
阳光到达,并且开始
攀缘我的背

院子里的成员有
茄子、黄瓜、青椒
他们开自己爱的花
养自己的儿女
靠地的厚德,天的健行

还有一位叫竹子
偏居一角
微风是他想开的花

一群外来人口——蝴蝶
梦是他们不停落的飞机

我每天早出晚归

摆钟一样奔波

我不抱怨生活

因为永恒也是单调的

好比阳光

在我死后

它也会

早上出来

晚上回去

我不能

我不能扔下它们

我不能像一块地
可以不断地拔除生出的杂草
只留一色的菜
并且给它们纯粹的名字

废话，无聊，庸俗于我
像一条病腿
拖着它的另一条
是它的兄弟

我不是多么地爱它们
只是我不能再像从前那样——
望着夜空的星星
想着有一天
撤下黑色的铺垫
只留虚荣的光芒

我们活着

朝阳从老屋里出来
慈眉悦容是新的

她想救的,多半是旧物件
比如,顺便从松林里
托起一支老歌
你看见有影子闪退
该知道我们活着

我们活着的样子
同树一样——
一棵能舞出碎影
长着茂盛叶子的树
一棵为一条云的围巾
想着向上,再向上的树

有时候,我们活着的样子
也像一只锈铁环

从蜗居的城里出来
找渐渐冷静下来的村庄
遇见麦子熟了
便停下来，听风唱
泪点很低的歌谣

他们说，这个世界
本是一条窄窄的过道
一切经过的来去
像分不清的流水
手捧玫瑰
向时间求婚

忽　略

清晨盛大
他只取一个院子

那里有
从围栏外送来的鞭炮碎屑

快乐的灰烬、爱的红包皮……
这些不会让他厌烦

他想到了落红
借放慢扫地的动作作一次挽留
又用微笑反抗着易失
仿佛看见了顽皮孩子身上的灰尘

他的爱人搬来了椅子
他们坐在石桌旁说笑着、争论着
直到忽略所有事情的痛
太阳才翻过高楼找到他们

雪之一

雪弄停了时间

冬天的第一场雪来了
我知道，不止一处
降临了语言

朋友圈发来了雪景图
那些似乎能从内心渗透至外表的宁静
美极了
你看见了吗？
那些看不见的美
会虚空些，恒久一些

从十五楼向外看
人如黑蚁，车如甲虫
朝里面看
病房像一座钟
医生护士、病人、家属
各自走着
生老病死、快乐忧愁

也走着,用各自步伐
停,是祈求了一千年的愿望
美丽的白雪花的愿望

你知道吗?
那些内心忙碌
忘记自己生日的人
遇见雪花是多么奢侈的事

熊熊的炉火没有熄灭

熊熊的炉火
映红司炉工师傅的脸庞

他的身体被猛地推进炉膛
像一个逃学的孩子被推进教室
咣的一声,炉门关上了
呜呜呜,鼓风机加大了风声

出来时,他已是它
白碎片,白粉末,红火星——
白粉笔,红墨水
"把里面的杂质挑出来"
把里面的错,挑出来
一把火钳扔过来

熊熊的炉火
映红司炉工师傅的白手套
"不哭,不哭

它成了尘埃

会永远活着"

第一辑　修正

交　出

交出茂盛的时候
那棵桑树的叶子嗅着微风
如一群跃出水面，闪光刺目的鱼
逢花季就交出花
弄几束戴在野丫头头上
桑果熟了的时候，先给临门的喜鹊
再雨一样下给顽皮的孩子
成熟气味交给忙里忙外的女人

就在上个月
他被迫交出最后一个朋友
葬礼上
他学会了唱圣歌：《孩童早归》

现在，他有两样不想交出：
星期天——
他可以在这一天等孩子回来吃他做的饭
鹦鹉——

他可以逗它喊孙子的名字

再过些日子
世界给他的声音会像一首歌的结尾
渐渐低下来
他每天要盯着镜子看一会儿
看看那桑树一般的枯脸上
有没有冒出新芽

第二辑

帘微漾

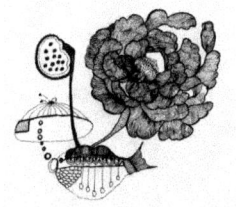

我喜欢这个世界

我喜欢这个世界
喜欢它的肤色,它的水
和它们带来的光

喜欢就这样
居住在光里
每天看见神性的身影晃动
在光的庭院里
挖土,种花,栽菜,浇水
给手添一些光芒

喜欢看着每一株植物
端坐成佛
沐浴在微笑的金光里
向他们跪拜
学习他们的经文

除此之外

雪弄停了时间

我不要任何死亡
我惧怕黑暗
在心里召唤

鸟飞过的时候

雪后的阳光下
鸟飞过树顶的时候
有筛子缓缓抖动了一下
一些洁白学会了飞翔
这多像你我儿时的幻想

鸟飞过的时候
有走和奔跑喘息的声音
鸟飞过一座时间的坟
用啪啪的声音
测算着自己的高度

塔

在树木合围的峰处
是塔,自己找到的
静的底座

山下
一汪水,看见天的蓝底上
多了一个支点

万物
可安心了

仰 望

不知道哪一天会离开这个世界
死亡变得遥远,不怎么可怕
一直有个明天,也一直有个仰望

你仰望月亮
直到发现它已填满古老的哀愁
你仰望星光
直到发现它知道世上所有的隐私

现在,你开始仰望一棵香樟树
一棵比你高,比你年轻的树
你是怀着崇敬的
一股香气冲鼻
你猜香气是向下的
是的,向下
你找到适合气息碰撞的位置
像一只燕子在窝边盘旋
在一棵又一棵年轻的香樟树下

让叶片亲抚你的脸
让花枝从手中划出伤口

你没去闻,你笑了
你猜伤口也是香的

高　度

我一直没有怀疑过自己

直到那天正午
我被浸在阳光里
在整片悬挂着的阳光下方
看见自己向北移动的影子
比我平日的身子缩小了许多
甚至看上去有些猥琐

我才明白
在阳光中庸的尺度里
我们都没有看到的那么高

帘微漾

谁的眼睛,给予了世界美。

——题记

我见过很多安静的窗帘
青绿的、紫红的、洁白的
我可以确信,一定有些什么
和它的背影并肩站着

当阳光缓缓地洒在绿叶上
我看出来了
窗帘就是生长的叶子
正面是鲜润的微笑
早晨静若处子
傍晚时,像一个新娘
想自己掀起盖头

最迷人的时刻是微微荡漾
它像我们这个世界
常常嘴唇微微一动
什么也不说

到 达

仿佛蝴蝶一次翻飞
就只一次翅叶点亮
就已接近知命的平台
不高不矮，不宽不窄的平台
量身定做的一般
宛如幽静深处的某个等待

回目，来时足迹
已淹在杂草中
唯一闪耀的是两三朵野花
好像夜空密布的云浪中
淘出的几颗孤星
这些是你追寻过的吗
那些真的坚，善的弱，美的好

向前，远远地
一条路伸进暮色中
做着若即若离的到达

我看见的，就是我的

月亮落在邻居阳台的玻璃上
这是傍晚的时候
我在院中挖菜地的过程中发现的
我可以把它说成是劳动中发现的美
它像我自己种的菜
绿色、环保

月亮落在邻居阳台的玻璃上
我看见的，就是我的
河水看见的，就是河流的
玻璃看见的，就是敞亮的
就如同
一个人落进情人的眼睛里

真　实
——给太阳

打开山
让所有高举者呼吸再匀一点
打开河流
记住给每一个早起的白云
一面大镜子
打开站起来的空中
给感觉好的人看看无限和永远的样子
打开一切想要开的花
直至每一份自由都成为光芒

哦，你已打开了万物
用你时间的光——迷人的眼
你让万物成了你的俘虏

可被你打开的老牧羊人
却看见了你落下山后
留下的一团霞
血一样鲜红，醉酒后一样的愁

老牧羊人不明白
为何那么强大的世界
也会和他一样
一离开自己的位置
就会那么的痛

洗 礼

一棵桃花的美
和溪水中桃花的红
或许你见过

一个美的
两个美妙的
三个美好的
或许你也见过

那么百亩桃花，临溪而开
那个近似美的集合，你见过吗

你看，让每一棵桃树任大喇叭
每一朵桃花任小喇叭
最先来的，是月亮
数她最爱收藏秘密
最后，太阳迈着大步来了
数他和永恒住得最远

雪弄停了时间

你听，一棵美和一棵美之间
一朵美和一朵美之间
不断有蝴蝶翅叶的呼吸
撕破静的薄膜

瞧，一切都已明了
所谓震撼其实就是脆弱
它替代了神圣的宗教
把走进来的人
洗得又慈又善

喂,四月,你站住

长长的队伍
带着闹的尾巴早已散去

那个低头叹息的女子叫四月
身影单薄,有些憔悴
像受过魔爪的蹂躏

那个低头急走的女人
喂,你站住
你莫急!
你到静的洁处先息一息

原谅我没去看
身穿黄马褂的油菜花
也没有去看佛面桃花
现在,我把梦中梦到的告诉你:
你要走的路是跷跷板
一头是热闹
一头是寂静

垂　钓

一个不完全的素食主义者
鸡鸭鱼肉
像功名利禄
选轻口味的名吧
这挺像我食鱼的经历
况且我已经上瘾
只是，我只食自己钓的鱼
像天空一直用月光垂钓的寂静
我一直用你给的眼光

我和它们的天空

清晨,远处群山奔向蓝天
阳光,如荡漾出的幸福
此刻,我守着
群山空出的世界

晚上,在河水边
我捧起水,哦,这水
它像极了一类人
喜欢待在低处
含着他们爱着的轻

我又弯腰
和花瓣、树叶、草茎亲近
瞧,它们爱舔我湿润的双手

抬起头,我和它们看见
铺满星子的天空
幽幽地,比群山顶的
来得深邃

你笑了,你就是佛

阳光照在你脸上
就像照在桑干河上
是八九点钟的,金灿灿的那种
看
草的茎叶替代了粗壮的光芒
听
鸟鸣声翼缘的光晕
走直线
也走曲线

天空再一次无云
河流回到清澈
万物开始静默
轻启你的微笑吧

阳光、微笑、佛
本为一体

你笑了

你就是佛

第二辑　帘微漾

搭

我又回头望了一眼
朝我笑的人
像一个战士出发后
又回头敬了个礼

一个穿睡衣的男人
一点一点横挪着双脚
整个姿势中,与身旁的亲人
构成一个反力
特像搭的黄瓜架子——
一撇加一捺

我们并不相识
我猜是我今天高兴
面带笑容的缘故
他朝我笑了
很亲的,灭过菌的那种
或许在他眼里

我就是一个病友

我们的笑
谁的扮的一撇
谁的做的一捺
都已不记得
路过的风
想带走它们
用吹动一粒种子的力气

第二辑　帘微漾

把美好打开

太阳打开的时候
世界是一朵花

月亮打开的时候
潭水里一朵
举头人一朵

我能打开吗
佛说，人人都能

石头能打开吗
佛没说

石头总是密闭着
另一个世界的美

真 理

你喜爱也好，讨厌也好
冬天过去了
傍着春天，苍蝇一定会来

就好像不管你走时光的隧道也好
还是关掉颜色
躺进时空这副棺材里也好
它仍旧一秒一秒，不急不慢

上帝啊，请宽恕了这一切吧
因为
春天作的画是真的
时间设置的窗口是真的
苍蝇说的喜爱甜、喜爱腥、喜爱臭
也是真的
它们各自或唱，或走，或飞
都是在寻找自己想要的真理

居　所

没有一个梦的房间
可以长久居住
一早被赶出来
早晨那么满
似一池快没顶的水

一只不知名的鸟在叫
先是叫声
一滴，一滴
落入池中

然后是裂碎
一些词被肢解

最后是语言
是它，揪起了微波
它的昵称
叫寂静——

一个我们找了很久
永恒的居所

第二辑　帘微漾

爱的选择

我说着，想爱整个世界的时候
我明白，我不伟大
因为我无法把他们都爱一遍
也无力让每一角落都温暖起来

如果让我选择最先爱的人
我会选择，我身边的——
我的父母、爱人、孩子……
选择这些最易生情的
会让我的爱变得真实、透明
除此之外
他们还是向整个世界放大的圆心

如果让我选择最先爱的颜色
我不会选择白色
更不会选择红黄蓝
我会选择黑色
它像一个盲人
最需要帮助

挖

锹,深深地插入
黑暗割出一道口子
有人听见痛并快乐着的声音
仿佛一个人笑着迎接
深爱的人捅向自己心窝的利剑

这黑色里的居民
蚯蚓已分裂
蚂蚁开始搬家
这叫破坏性重建吗
这叫天翻地覆吗
一切会轮回转世吗

那些大粒的土块
像思想
先不要捣碎它
浇上太阳油
浸一浸,晾一晾

休提躲避汗水退下的外衣
莫怨腿上鼓起的红疙瘩
在种子面前
最终引爆黑暗的一切
都得让开

白　莲

是清晨的太阳
第一眼看见的
那个手捧相机
迟迟不肯按下快门的人
是的,他遇见过
惊了的美,划出的伤口

"还是白的好"
老人轻声说着
微笑的光芒似银白的头发
"红的好看"
黑衣女郎大声地反驳道
"对对对……"
附和声如多米诺牌

还是那个太阳
给来的人发了影像
只是有一组,仿佛列队的蚂蚁

白质的，会和它们对阵吗

如一场宴散了
剩下水中几颗水杉，护卫神圣
那侧亲水台放置的是永久的等吗
说起柳树，说起崇拜
就会有一次晚浴或一次沐浴长发

在渐渐铺开的无边的床上
白莲端坐着，身穿白衬衣
像一盏自慰的灯，环向的空寂

我们的爱

像云追着云
我们快走
在红草湖公园的一角
一条沥青环形路面上
只有我们两个人
树林里还没有窸窸窣的声音
凭着鸟呼唤的强度
可以判断一个存在，八个方位
虫鸣声是模糊的
像从四周涌来的静

我们的身子
在比它们大得多的空间游荡
我们的双脚如槌
哦，世界有回音
我们开始聆听彼此
瞧，一小队阳光已到来
它们在草坪上寻到了晶粒

冬青排成一个个方阵
大叶柳、水杉
相互伸出一个手指：嘘——

最美好的

世上最美好的是毁灭

它像这个季节
飘零的枫叶

红的，黄的，绿的
深的，浅的
亮的，暗的

更多的是
一片叶中的五彩缤纷
一层叠一层

没了悲凉，却很惊艳
你若忘记，还有来年

你要承认

那个能让你美起来的
不明不暗的光线——
它的位置空着

现在是下午六点
我可以不说话
像时针和分针一样
和你站成一条线
我们都听清了
秒针一样的呼吸

你要承认
是我先看见的
你，就着红色的羽绒服
脸上泛着红光
如同初春有了一个原点
也是我先看见的
天边的晚霞

系着炊烟的丝带

仿佛栅栏里漏出的一条哀愁

第二辑　帘微漾

第三辑

雪寂寥

新年,请赐我们一场雪

请赐大雪
封山、封门
封喉

雪地入天
目一色,耳一音
万物被雪如一

大地是倾空洗净的器皿
雪下人
卸下心中之财货
如屋内腾出物件
明亮了许多

雪,周行在路上
它的虚空生白
恍白,惚白
近于和光

伊人尚有一惑

眼前的熟识

欲去其名,却不可名

愿世界静美如夜

高速路上
我们是倒挂的流星
距离拉近
星眼更亮

天上
没有忙碌
只有星游

是夜,天地交感
世界摊开万物静美

包 袱

背包袱的人
把自己交给夜

在黑色的大包裹里
与万物一起
滚来滚去

他圆乎
宛若一枚心

2017 年的第一首

云层之上
晚霞让人战栗、怜悯

像悬崖边
血战后的旗帜

她跳入
以蝴蝶飞的姿势

那下面渊生混沌
死生不分

那最美好的在底部
安静如初

鹁鸪鸟

清晨
有鹁鸪鸟在叫
说同一句话

傍晚回来
我竖耳
杂音犹如白天的影子没入夜色
有一个声音仍在不停地叫
如婴啼
声宏、清晰、不哑

重要的话说三遍
想说的话留一生

人类的悲哀大于雪

像四季没完没了
雪又来了
单调,重复
他们说:像生死循环,这叫规律

这一次
雪一落地就没了
有多少朵?
被哪些人所见?
遍施中有多大偏离?
这些不可知是不是叫着命运?

雪像是蒙昧的
不关事的命运

雪下着无

人类知道有命运

还知道永恒
所以人类的悲哀大于雪

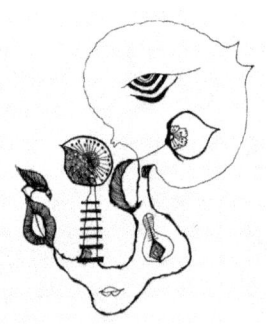

雪之九

雪,一直下
像一个人心里舞着的乱

雪越下越急
如剩下的日子

雪停住
就该出发了

雪之十

雪弄停了时间

仿佛自顾自下着
没有好恶
不给答案

雪奇怪一个人为何
前天说好美
今天落悲凉

其实雪和我们一样
来了
时间才有意义

雪寂寥

又一个未来
在高处闪烁
那么多人期待着

它真的来了
盖房子
披树林
被庄稼

几句简洁的叙述
之后是安睡如婴

多好啊
现在是它未来的样子

雪之二

从十五楼能看到
刚下的雪
一会儿就没了
街灯亮起

在城市
落到地面的雪
如善良一般
不堪一击

雪之三

我们满心欢喜啊

说到底,这个世界就是
颜色间的搏斗

比如此刻的雪
战胜了红、黄、绿
并且覆盖了老对手——
黑

心含热泪,面若冷霜啊

此刻,我们拥雪为王
足迹无痕
目光无边

在城市雪同我们做了一场游戏

雪弄停了时间

在城市
人像蚂蚁越聚越多
你是知道的
因为寂寞才想聚拢

你是知道的
闹市心愈寂
所以你来了
带来了这么多
天使用的布料

你和我们做游戏
我们是没长大的孩子

世界摊开后
你又悄悄走了

雪之五

雪后的天空
蓝得透彻
像丢弃烦恼
带发修行的佳人

在尘世中奔波的人们
一直未能完全明白
劳碌为了什么

此时
只可莫名地期待
能有几场雪
催生自己的身体

乌龙潭（雪之六）

花了十五层的高度
我见到了全貌
在它的轮廓里
我的脸被放生

它不说认识我
也不说不认识我
一面镜子照着
想说的和沉默的

这次我来
扮着放生返回的动物
伴雪而来

雪落在它的周围
肩头、发上
像时间又一次
在自己的石头上开花

注：乌龙潭位于南京市乌龙潭公园。

回　家

回家是回到
有矮绿篱围栏的房子

那里院内摆着十几盆花
长着五六样菜
两只藏着舌头的水龙头
喜欢时会舔几口
午后干净的阳光
一遍一遍地撒在
叶子上、贴着剪花的窗户上
以及眯眼的门缝里

黄昏临近
城里不见炊烟
派谁去迎接
早到的星星？

慢下来的回归人

在院中与花草细说
轻挪时间、生死
低头时
一地星星如花

人世走廊

荧光灯的苍白高于墙面
门牌似悬在半空的孤岛
守在一张有滑轮在底部张望的床上
偶尔能听见
硬币跌倒的叮当之声
呼吸现出长长的千手
抚摸我的脸
我的头发

梦从两端将走廊拉到无尽
人世这么多房间
17-19床、20-22床、23-25床……

握紧我的手吧
像抓住床沿的把手
我的亲人、我的亲人的病友们
下一间是
有庭院的房间

雾弄停了时间

再下一间
有草坪、游泳池
……

那边，萤光灯熄了
像掐灭一个季节

南京城

白天的南京城
繁华如王者的一颗心
忙碌如一只键盘

夜晚十一点
仅仅几栋居民楼的灯盏
就让这座城陷入了荒凉

悬 挂

粉过的墙面噙着白光啊

擦痕、划痕
一刻苍老百年

我惊讶它们陷于其中
凸显成真理的模样

它们让我们
在暖色的灯光下
悬挂出战战兢兢的影子

第十首

写到第十首
我已回到家中

终于可以将夜晚的灯火
当作一条隧道
拖进房间
穿越、玩耍

像他人用旧的胜利
敲敲打打、修修补补

喜欢旧物件
包括夜浸染过的黑边

怀念一座城

> 雪弄停了时间

在月迷津渡中
谛听彼岸

薄幕上
面孔拥挤,不成形
歌,悬而未落
着地的善良
携着珠链般的笑声

这是一座离开不久的城
我先 PS 它、虚化它
令它在迷雾中陷落

现在我正在打捞
我是唯一能救它的人

你 若

你若把世上沙粒一般的苦难
——淘尽
只留下闪着金光的幸福

良知
会不会失去邪恶的对手
蜕变得不再是自己

灵魂
会不会从此安于睡眠
臃肿得飞不起来

元宵节，神只做了一件事

他们料定
今晚神会来

神喜欢的古朴所剩不多了：
红灯笼——
羞涩总想被提一提的那种
笑语盈盈——
一直在天上
似花朵在幽深里闪烁

而他们说的神终究没来
圆圆的月亮像是高挂出的免战牌

在我抬头折回的一瞬
神已做了
旧物变新物的事

第四辑

时间的巨鸟

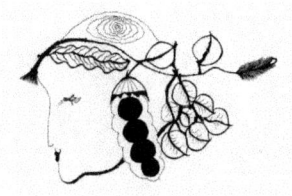

桂花开了

桂花开了
报告消息的人
是早起在院子里忙碌的妻子

我跑出来时
妻子的秀发上，落了一朵
就像她年轻那会儿恰巧落在我家
她此刻的一粒笑
却是不小心落在兰花上的
然而，这一切并非属于完全的巧合
我闻出来了——
她们都有成熟女性的体香

你说什么？我还不算幸福？
哦，忘了告诉你
我一直只想做个简单的幸福人
因为我知道，在这个世上
一定有许多地方，桂花开了
却无人报告消息

上帝的胡须

椭圆形黄叶、碎纸片、绒毛球
泥颗粒、涂料屑、枯草秆
你写下这些，它们有了名字

现在你看到的场景是个大院子
接下来，扫帚要出场了
它们或被一一请入簸箕
谁先，谁后
或谁被遗漏
会被称作命运

至于怎么来的
会到哪里去
都已不重要
扫帚来过了
像上帝的胡须
触摸过一个人的存在

狙击手

伏在草丛里，绿是最亮的眼
倚在废墟上，是一截烧焦的木头
蹲在水坑里，和青蛙一起制造柔软

那个爬上顶峰的人
刚喊出：胜利了——
就应声倒下了
那个企图伸手拿回
篓中旧日子的人
一片没拿到
反被击中了右腿

而我们
还有高贵的花，贫贱的草
都像被看押着
不管向前、向后，或向左、向右
那个狙击手
一直瞄着

他的名字叫时间

变小

摇晃,眺望
不倦的枝头
耗费了他半生

那些黑压压的
像是他的替身
还在往枝头赶

他终于找到了真身
离他那么近:
这些渐渐收敛的叶子
色变沉,脉变明

放走身体里的珠滴
向下
缓缓蝶飞
慢慢鱼游

眼前的世界在变小

小到

可以用器皿盛

用一双筷子夹起来

或者以一张便条贴在入口处

第四辑　时间的巨鸟

黑力量

老虎——
箭，嗖地飞去
走近时，不是虎
是一块巨石，箭却深入其喉
他吃惊，为自己的神力
连射数支，不复得，摇头长叹

他没明白
自己第一次射向的，是危急
其后射向的，是已死的

生 长

朝这处林子里看
赤条条和赤条条
没什么不一样的
有那么几棵树
还剩下一两片叶子
偶尔会抖动一下
所谓最后的挣扎
大概如此

裸得彻底
彼此透亮
黄昏前的太阳
会进来看一看
但它真的不知道
给绝望安上红胡子
只会更加绝望

只是有一点可以肯定

像黑夜会生出太阳
人的这些感觉
还会在林子里
生长

快乐之光

美得能飞起来的日子里
绕着你的阳光,像水
对应于嘴的那种水——
一片清澈见底的潭水

跳进去的人
和浮在水面上的花瓣
都有一个艺名,叫透彻

是的,是光——世间的灵感
散在事物中
生长、不死和消亡

多亏童年用过的那只哨子
凭着哨声
在事物的丛中
你唤到了它,你认得它
那调和过的光

雪弄停了时间

那样的照度
是你儿时水缸里见着的
祖母的目光

时间的巨鸟

枝头微微的颤
宛如一扫而过的亮
是你的翅膀
子时的野外,虫鸣生出的静
是你隐形的翅膀

动息之间
你啄掉一些植物的痛
部分真理的笑
还吞掉谎言、罪恶、光环——
那些易消化的食物

现在,你就在不远处
小小的我得快步向前
虽然现在,我还能听到
你如风的呼吸

如果有一天

我落进句号的陷阱

就要完了,因为那刻

你正屏住呼吸,站在背后

那棵雪松成了我兄弟

每天早上,对着镜子喷发胶
似乎也能和他过得一样
头朝上
发朝下

我的兄弟很少
那棵雪松
他算一个

我们是在天空和鸟的嗓门
高和阔的时候相识的
那会儿,我抽烟,他抽阳光
他的瘾比我的大
就成了我大哥

抄　袭

在夜的身体完全进入秋林的时候
在可以把根须埋得够深的地带
他把自己栽在林间
别去猜他
天黑灯愈亮
想借林中静夜举起灵魂的人
多半有着别人难以猜测的幸福

隔着环形路上亮着的灯
更清晰了——
窸窸窣的碎语
有时，一片大树的叶子低头落下
半空中击中小树的叶子
还有他作为一棵树
叶子被砸中的去声

次日清晨
筛过的阳光沙粒

散在他站过的地方

几片枯叶，几片黄叶

压着两片绿色的叶子

像一个人

十指捂住隐隐作痛的胸口

第四辑　时间的巨鸟

月亮的模样

霄弄停了时间

他喜欢月亮的白——
白思念、白丝光
白心灵、白光路
他不清楚月亮还会吐出多少
他想要的白

他看月亮
月亮就看他
就好像他回头看她时
她正看他

他看月亮的时候
月亮的目光也是那么痴
他从此认定
他是月亮唯一看上的人

每次
月亮去后山捉黑

他都守候

渐渐地,有人看见他的脸

长成了月亮的模样

第四辑　时间的巨鸟

幸福声拦住了我回家的路

十二点零八分
是舞动的时候了
烟花筒的龙头，千响小鞭的龙身
那条滚动的响，闪着金光
仿佛一组激动得发狂的眼神

我想起来了
这样的幸福声，在饭店门口
有过几次，它拦住了我回家的路
像一个好心人

在散着火药味的路上
我看见了幸福爆炸的样子
还听见了带有尖头的笑声：
听一听吧，过路人
这些都是幸福脱下的壳

生　活

现在，还不能谈生活

一只透明的空杯子
像谁做的一个梦
一捧清澈的水
盛着一个好看的面容
是的，它们都曾受过日月光辉的恩赐
现在，用敞亮就能彼此照着

杯和水，就这样抱着、贴着
洁白的天棚——明亮的天
这是最后的光明吗
那只让它们走向平静的手，藏在哪里

这次
我是真的看见了另一只手
倾倒，注入
那些沿壁爬近杯口的珠滴
想升未升，又滚落下来

晴朗的日子就要来到

我们一起
倾听过身边的声音
我们最后的朋友
在寂静的路上

一场雨,用掌声
不停地抵达
你说,热闹又凄凉

晴朗的日子来了
不只是照耀

比如穿过透明的事物
站在思考的桌前
比如把坡上大片的野花
弄得轻盈、体面、有尊严

再比如

在苍茫而宁静的雪山顶上
离神灵最近的白雪上
一遍又一遍地
安放闪烁的光

第四辑 时间的巨鸟

清明，十点以后有雨

万物洁齐而澄明
墓上草
又一次爬起来
接受雨纷纷

我们的先人
今天收到若干请求：
保佑升官、发财
保佑幸福、安康
保佑孩子考上重点大学
……
他们像神一样背着重担

不久以后，在另一个世界
我们也将被请求
只是不知道那时
我们的子孙想要些什么

高 矮

总有一天
我会渐渐变矮的
这和我在
渐渐拔高的高楼中矮下去并不相关
原因是,一个无痛,一个有痛

现在,所到之处
一座城的,伙同另一座城的
一起小看我以及
和我身份相仿的平房

就在今天早上
我胜利了
这其实并没有神的指引
我打开门,很普通的门
就在屋内的一角
哦,天哪
我恰巧看见了

躺在光滑大理石面上的对面的高楼

原来，在这样的参照面上
它比我还低

我看见过

我看见过
蓝得只剩下几片白云的天
宛若偌大的庄园
留下两三个护园的

我还看见过
哗啦哗啦的秋天
被枫树虚拟成形的火
烧痛的样子
似美人捂胸皱眉

这一切的一切
对于我,却是多么地无情哦

自由钟

我见过一个国家,在国家广场
给一个爱鸟的人立的纪念碑
那碑顶直接击向云漠后的虚无
像一个高度
想要走向另一个高度

这是一个无限热爱生命和自由的人
他养的是一只铁鸟
现在,他走了好多年了
铁鸟不走
疾风一来
它会在枝头不停地叫喊
就有人猛然想起些什么

北京到纽约

从一个房间走向另一个房间
像水流
门代表一种方向
一个房间剩下空皮囊
像被喝干了水的杯子
另一个房间
像一只空碗
有了一粒米的跳动

从北京到纽约
似逆流,外力藏在背面
像左右脚反串穿鞋
走闹剧的步伐

后来我就想,快点回来
亲手放一池清水
养自己的月亮

标　准

我笔直地站着
是水，从它的镜头里
发现我的头摆得不正

我有些不明白
我感觉自己已站得像棵松了
这一点，有点类似
螃蟹感觉路是横的
歪脖子树感觉天空是斜的

直至后来
医生说我的脊柱变形了
我才明白
关于正和直的标准
我已偏离了轨迹

黑白两家

一盆黑水
加进一瓢白水
白的眼里全是黑
如闭上眼睛,彻底的空白

一盆白水
加进一瓢黑水
黑反客为主
如同用一个信仰统治整个世界

我所说到的黑与白
原是两户人家
一户住在山上
一户住在山下
一个顺坡
一个逆坡
两家经常串门

永 恒

水,一旦渗入土中
也能像流失的日子
有一本厚厚的长卷

杯中的水则不同
它是误掐的秒表
急刹的轮子

直到有人愿意喝下它
替代血中退下的水车
它才想起时间对它说过的话
永恒也是短暂的

他的寂静如此的低

寂静如檐下的一棵松站着
它细腻的叶子
被挤进的斜阳
轻轻地拎起来的样子
像一个少女拢起的秀发

他累极了
像一只鸟
厌倦了
天空深处无边的寒寂

现在,他想要的寂静
高不过檐下的一棵松

客观的石头

在心境边缘之外的远处
有一块石头，沉于黑暗中
它的内部藏着更深的黑暗

当喧嚣从天上泼下来
当寂静从土里长出来
它仍旧睡着

直到一块比它更硬的铁出现
并击中它，它才肯放出光芒

至于，你是流下幸福的泪
还是留下刺伤的痛
真的与它无关

最后的声音

叫得越脆
这里的清晨就
越大、越薄

先是一种鸟,两种鸟
然后三种鸟
三种鸟控制了一个晨

再之后只有一种鸟在叫
你能听到一种声音的世界
纯粹或混沌

最后的鸟停下来
楼上有脚步声传来
仿佛天堂离我们很近了

脚步停了
像是谁在切换

一座挂钟

嘀嗒嘀嗒,声音急切

像是离我们

最近的声音

人　啊

请不要责怪傍晚
她不是忧郁的脸
是侧着的脸

人啊
请给她一个好角度

第四辑　时间的巨鸟

交 替

对面仰起的坡地上,那些小草
头听风的,脚不听风的
目测与天的距离之后
便想从浩荡的空空里找出答案

一些花,艳而无香
在枝头招摇
它们的内部正在讨论
瓣和瓣分离
空中的和地面的分离
伤害重的已调成静音

一群蚂蚁
足指六个方向
颜色是奢侈的
它们的方向和色彩
在回家的路上

一群飞鸟

在天空中划口子

不留痕

落地后,叫一声

画圈标一下自己

谁绘的一张总图?

点、点、点

各是谁?

占领一处空白

就会成为一个有?

有是世上最伟大的吗?

还有你,五尺有余

身体不停地向前走

占领了一个个空白

又丢下一个个空白

似循环无终结

第四辑 时间的巨鸟

而你是偶然走进这个世纪的
你看见一些事物在疯长
世界高得晃起来
越来越多的事物
像虚无一样
如一只打气筒在不停地工作
世界像一只越撑越大的气球

女儿出嫁

她舅舅背她下楼的时候
是凌晨三点差三分
一点至三点是吉时啊
不是刻意要耽搁
是她奶奶的叮嘱太多
她妈妈又不断想起
要随身带的吉祥物

她舅舅背她出门前
记起了向她妈妈
讨要红包
她妈妈回了一句:
"你把人背走了
还没找你算账呢"
就咣的一声
把自己关在房间里
哭得稀里哗啦
我,一个男人

泪在眼眶，差点没忍住

和世上大多数人一样
我们逃脱不了割舍
虽然现在我已明白
我们的爱，我们的泪
通常都有那么一点自私

视 域

又一次来到红草湖公园
草坪已是成熟艺术家的发色
桂花树向天上生长
给它一阵微风
回你淡淡的体香
岸边柳树
像一排叩首的藏族阿妈
见底的水里
看见了鱼、我自己
以及水鸟啪啪啪踩水走直线

后来住在百米高楼的朋友说
那天看见我在公园
像一份答卷
补上的空白

现在记起那年
去纽约的飞机上看见

雪弄停了时间

淡绿的坡地，黛蓝色的水塘
和蚂蚁大小的人
之后是河流、山脉的轮廓

在云层之上
我只看见了日落，和日出
却看不见绕着它劳作的世界

一定有什么牵着你来到这个世界的

这个世界有多少明了和暗示
你不知道

一定有什么牵着你来到这个世界的
现在仍有什么在牵着
不是一直向前
轨迹很像公园里绕着湖心的环形路
外侧的乔木高过我们的眼睛
藏着超过我们想象的秘密

你可以快走
却像个孩子
被一只手拉着
眼睛想把身体拖进乔木丛
手却拽住她的衣角

后来你发现
一切都逃不过循环往复

再后来你更坚信了
一定有什么牵着你来到这个世界的
一定不会是痛苦

戒

总有一些东西是我们很难戒掉的
比如,对女儿的宠爱与溺爱
总是欲罢不能
总有一些瘾是越来越大的
比如,月下思乡
比如,对未来的期盼
还有一些是我们戒掉了,还会再来的
像毒瘾 再次来临可能会更凶
比如,酒
比如,你我热爱的诗歌
再有一些是我们永远也戒不掉的
比如,温暖给我们的流动
比如,春天的絮语 平静
以及慵懒的美
有时我们可以戒掉一个字
比如,黑
比如,我
可我们戒不掉一个词

比如,肤色
比如,我们
更多的时候
戒给一把刀,给伤也给痛
或割去瘤子,或背上刺字

镜　子

一定是有白衬着
不然，你不会一抬头
就能记下历史的天空
瞄一眼就能把人物画得那么逼真

一定也是有白衬着
不然，一汪水
不会一学会你的样子
就敢急着和风传情

一定是有了你的依靠
不然，伊人不会不回头看一眼
就一直向前

一定是你受了伤
不然，你不会轻易成为刀片
分割事物的影子

许多年了,我才明白
一定是有了质的不同
不然,为何卵石磨得那么光滑
也没能学成你的样子

位 置

我脑后一撮头发
那天起床时总是翘着
像是要有意远离大家
我使劲按下去
妻子说，又起来了
我又用梳子使劲梳了一下
下去了
女儿笑着说，你再去照照镜子
妻子急了，走过来
用手指反向梳了一下
它就和我的头发贴在一起了
咦，这样的反骨，这样的刺头
给对了位置，也能安分

第五辑

当你平静

微雨，在琼沙 3 号甲板上

海水不断有消息要送出去
云挽着自己
走在没有界碑的路上
风把衣衫
扯成旗的舞动

一个人
在甲板上仰头看天
海怎么无垠
在上天面前
都是一枚棋

清晨,在琼沙 3 号甲板上

海渐渐亮起来了
从天上开始
一块白的
一块蓝的
一块微微红的……

仍有一些
像黑冰峰一样的云

你看见
那些亮起来的
是黑暗的狼牙边

在琼沙3号上

只有海

有那么大力气

摇晃着

云和云堆积起来的思想

傍晚，在琼沙3号甲板上

月牙
和它附近的一颗星
以及白底的云、各色的云
一起升降

直觉告诉我
天离我很近了
"快！"
"不要梯子！"
"给我闪电！"

春喜鹊

那年大雪，冰锥门帘
喜鹊在我家大楝树上
嘴里冒着热气，清脆地叫了几声
母亲就被从几十里外的卫生院
抬回来了

就是那把刀
闪着雪一样的银光
它刚刚替我们全家
从母亲的子宫里摘下多余的嘴

次年刚开春
一对喜鹊就在裹冰的树枝上打着趔趄
果然，一家人靠着
喜鹊呼喊的力量
度过了春荒

我们能想到的爱

直到
我们一直歌颂过的树
如麻料鸟一样褪下沉色的羽毛
我们放慢了脚步
远山送来的平静也像羽毛落在
我们双手合十的胸间

等走过了半百
我们能想到的爱
又高又远
一朵、两朵、三朵……
在夜空的幕后举着
等我们睡熟了
才肯来

寻 找

走在自己的和他人走过的路上
或影如一阵风
或像戏中的一声长叹

与苦作对，和魔斗
将逝去的亲人和鲜花置在
比黑夜还沉的土里

他们满山满坡寻
满街满巷找
累了，抬头望着夜空
一颗流星正闪烁划过
像他们的快乐
明亮、易逝

傍　晚

傍晚在栏栅里
傍晚是公园

那里先亮起来的是
小广场上的灯盏
然后是来回走动的
和善，和愉悦

在一个微卷起来的小道上
半明半暗中
一个高个子倩影超了你
你能感觉她的脸是湿的
似伸出的一枚微露的圆叶
你辨出了体香和草木香

像快乐滋生美好
晚色偏爱永恒
你的本能为你追赶的时候
她却消失在越来越暗的和光里
像美好消隐在无边的快乐里

影 像

韭菜躺下的时候
割断处，潮湿，没有年轮
园子外面静得像什么都没发生过

园子的主人
用一双平常日子的眼睛

沿着茎叶生长过的方向找
剥掉黄叶、掐去枯叶
像轻轻抖落身上的尘土

他不知道
经他手指处理过的事物
让不经意的一生
在世界的某一小小角落
显现

我要去美国了

我要去美国了
据说美国就藏在我们屁股下面
据说美国落叶成金
这回我要去看看
美国的太阳
是不是能像气球越吹越大
月亮能否从反面穿过
夜的黑是否加了牛奶就能变白

当然了,还要看看美国的路
这是我这次学习的重点
我要看看美国的路
是不是笔直的,一直通到天上

你离我究竟有多远

那条光谱里
你的,属于不可见的吗?

春天来了
像拧开了水龙头
一池清水,就要照出来访者的脸庞了
太阳出来了
迟早它也会发现南望的窗子

我兴奋极了
我快要走近你了
我这么说是有原因的
因为傍晚的微风
在我的肌肤上抚摸
和你的秀发一样

鹅

鹅、鹅、鹅
"鹅"字上扬的声调
沿脖子斜向天边

鹅不知道自己成了鹅
就像羲之先生眼里的鹅
成了一个之
另一只鹅成了另一个之

鹅走近一曲池
像天到了眼前
鹅跌进去
把头埋在里面
红掌成了天的主角

我想去崔岗

天堂,没去过,梦给过
崔岗,听诗友说过,没去过

据说去天堂的阶梯瀑布一样
有着时光的亮

那么去崔岗的路呢?
有仰起的坡度吗?
是弯曲如月的小路吗?

我想去崔岗
听说那儿有一个院子
可以盛下许多身子
放养翩翩如蝶

当你平静

当你没有了抱怨
原谅了自己

当你平静
天空在远处倾倒青山
河水不停地回放倩影
栖息在树上的鸟儿
像不再晃动的叶子
一切也渐归平静
阳光那么好
事物那么透
那些面目可恶的
是那么的可怜
世界敞开了
如你的心

你闭上眼睛
整个世界是一朵小花

你嗅着——
用轻、匀、长的腹式呼吸
直到你
从你身体里慢慢长出来
像一枝渐渐溢出园外的花朵

第五辑 当你平静

葡 萄

青、红、紫、黑
这些是受教育的简历吗

摊开一张白纸
就有泪先登

比溢出高明
能把涩,包得那么圆
还能把痛,搭成积木

信仰幸福就是一张白纸
若请来一盆清水
盛星星的,请入梦境
盛你的,请进生命的魔方

最奇怪的是
你像一个贤惠的孕妇
最甜的时候
才喊痛

一个航班

舷窗外,我看见
那些木顶小屋站着
放出的静,围在自己周围

那样的平静
像允许目光穿透的舷窗
几缕小道,交织着,无足
想以S形找自己的终点

一湖蓝水皮贴在地面
一小块菜地的绿,已拱出了立面
几个在地里摆弄的人
似慢板走出的庄稼

这里的好,这里的美
请帮我记着
有声音说
飞到了八千米高

雪弄停了时间

现在，就这样，我踩着
云那么大，那么近
海那么蓝，那么静
越近越放的大
越蓝越达的静

……朝向，深渊里的家乡

梨,花果如一的白

那么年轻的白
陷在时间里
会拼老一切吗

那薄薄的白
在时间里会飞

在溪水中沐浴过的白
如沾了泪的诗
飞不起,沉不下

而在季节转折处
白,散落在小径上
在另一些枝头上
随万物升起又消失

哦,那个变成麻子脸的是我
我需要锐器

请割开我
你是刨子吗
你是刀子吗
你是锋利的吗
那么，小心你的脸
那飞溅的白汁——
腌过的光

原始股的春天

这是一片雪地
雪,赛过白天的白
恋茫茫为伴
一棵长满白胡子的柳树
依红日为帽
扮着圣诞老人
祝福交白鸽传出

这是个清晨
两只麻雀,起来晨练
啄几口雪漱口
啄破的雪,是谁恋爱中的痛
说不出,却有刻骨的深度
赶来的阳光
撒了一地稻谷一样的金粒
像是锦上添花的祝贺

此时,静,如雪之轻,白之薄

雪弄停了时间

贴地而走，农妇的着装
莫非是春天的先遣队
疑惑、犹豫之际
原始股的春天
就这么与我们擦肩而过

春天其实就是一片高地

春天其实就是一片高地
一个战略要地

南方的词语率先抢占
北方的词语一次次冲锋
一次次被击退
像闻到了一瓶好酒
急着品尝，却打不开瓶盖
北方的勇士被逼得发疯
似雷电嗷嗷地划破天际
剁开瓶颈，好主意
酒，在勇士们的发间燃烧
像劈开的竹子，在火中咯咯直响

高地，又一次被拿下
欢呼声，和酒，洒满高地
清晨，北方的词语从酣睡中醒来
高地的顶峰已插上另一面大旗
上绣一个大字：东

你的名字是一面镜子

你的名字,引入一面镜子
似白照着白
镜中美丽逼人
照一照
我会开心,充满活力

我不会枕着你的名字入睡
我怕弄疼了、汗湿了
这易碎的白
我会关掉灯,关掉月光
可我关不掉你的名字
只能任由你的名字
看我的眼角
从夜晚向白天流出皱纹

太阳来了
她是你的姐妹
我不敢看
我怕你,借聚集的光
灼我成焦

灯　节

魔术师龙

吐着火粒

拾火的人

急需看清闪过的脸

是时候了

烟花，这些苦命的女子

就要陆续出场了

这是星座的舞台

最后一场舞

今晚

白月亮，世上最慈爱的王妃

她会收她们为义女吗

一盏灯，两盏灯，三盏灯

像这个春天的叶子

会亮的，都亮起来了

此时，胆小的夜，一圈圈远去

而在更深处，有黑眼睛在偷窥
他们的心中也有一把火
他们也想成为灯
只是不敢轻易，把火弄得透明

扫

躲在土坯房子里的春天出来了
一手藏在背后
一手亮出院子里的
青菜、菠菜、大蒜、韭菜
像女大十八变
这是妻子的另一个春天

这些是扫不得的
在女儿选取的镜头里
我指的是可以眺望的窗口
这些素妆的姑娘
透着刚沐浴过的湿

还有一棵竹，一棵梅，一棵杏
它们的指尖、发梢
还有点燃的眼神
春光的舌尖轻轻吻过
这些也扫不得

其实，院子里的其余部分
看起来也不用扫
是些镶了地砖的面
还有门口的台阶
似凸起的衣领

可是，还是扫出来了
这些从闹市中尾随而来的尘
我确定
需要一种方向
从高到底
缓缓拢起
方能估出它们的重量

雪白得可以看清事物的脸

昨夜，雪下得好厚
像要把黑色彻底颠覆
昨夜，雪还放了盛火
白得可以看清事物的脸

我所说的事物也包括雪自己
雪自然明白
想要把自己埋得更深
要么，你追我赶
要么，不唱歌，只跳舞

雪来得这么简单

雪弄停了时间

雪已尽力了
阳光还是赶来了
它要照一照
天空是否干净透了
是否少了些纷争的浮云

我不能为雪说得太多
仅凭一场雪
我们还不能足够的坚信

有一天,没有了雪
我们一样能洗涤一尘又一尘的自己
没有雪,我们依然能清洗
这个世界的冻疮
只是,没有雪来得这么简单

浮山堰

浮山堰：我叫浮山堰。其实是帝王时代世界上
最大的一件兵器。当年梁武帝为了对付魏军
连青山，筑数十里大堤，以溃堤破敌

羊：这个高岗上的草好吃，去年我来过
若是坡再缓一些，我们就能边吃边玩耍
鸟：这个土堆不错。有时候我在河面飞累了
停在它上面休息，偶尔也拉一下屎尿
我飞高一点的时候，感觉它和其他地方一样平
这是它应有的样子？还是它本初的样子？

大地：山、水、草木、人群、鸟兽都是我的孩子
离家出走的，多远，都会回来
爱折腾的，也会安静下来
天：我不能像神一样拯救万物。我把太阳派来
你们跟着它走，会有善终

采风人员乙：看着这个大土包的形状
像联想到了什么，惊出一身冷汗

丰收锣鼓

时间：公元 2017 年 7 月 14 日
地点：A 市淮河岸边护堤林里

小锣：爷爷说过，快乐藏着，敲敲就会出来
大锣：曾经沧桑。遇到高兴的就爱喊破嗓子
小鼓（小五番）：无布棰头，请照直来！
大鼓：世界也是虚心的，大而有边。它的最后
你怎么敲，我都会懂
小水镲：嘿嘿……

演出人员：我们不唱。铜质的、羊皮质的、木质的
让它们唱、让它们舞。你们看着我们，围着我们
看着我们的手势。我们负责把喜悦从天上引下来

采风人员甲：世上所有的幸福都有一个相似的圆
似锣，似鼓，似镲

明中都城遗址

明月千里
垂钓我的故乡、你的故乡
和它们的故乡

它们的故乡
在大明王朝

1138 米,皇宫城墙
一根打了结的绳索

两个时辰前
夕阳照在古城上
万亩碧草连着青山
一群白色的鸽子
从天空往回划
桨上红波潋滟

碧草一般的金色年华是美的

雪弄停了时间

回家是美的
伟大的太阳啊
就连给辽阔沧桑的也是美的

像是一切都有了结果
斗争、战争
皇权、蟠龙的柱础
它们谁都没赢
也谁都没败
只是静如脚下尘土

在我们离去之前
夕阳已沉没
唯一能拯救它的
是展开的采风条幅
它像是古城墙红红的嘴唇
想说，却什么也说不出

淮河岸边

从一颗到达另一颗
需要屏住呼吸，下潜

和星星不同
自一棵大叶柳树到另一棵
需要一张大眼网兜

兜住一位年轻妈妈
和她腋下的两个娃娃
需要一个会摇橹的
能背古诗的大男孩
唱淮水谣
和林间粼粼之光

旁边一会儿丰收锣鼓
一会儿泗州戏
扎堆的人们
静若唇上燃着的烟蒂、岸边的水草

雪弄停了时间

这一整天
太阳扫过河面
月亮蹚过河水
如同替一个外乡人
看到了它平静美好的样子

大柳草场

以蓝天白云的眼睛
看大柳草场
一湖蓝水
一群白鹅
以大地的眼睛看大柳草场
卧着的女人
丰满的胸

我说的眼
一直想扎进一大物之怀
以一大物之愚
观看另一小物之灵

一个人，在大柳草场
像一只粗瓷大碗里
有了一粒米的跳动

一个人，若是能盛上大柳草场

那么，大柳草场幸福的全部
连同那条挥动的红纱巾
会成为那个人生命的附则

注：大柳草场在滁州市南谯区。

正定古城墙

你明白你不是一个圆
只是走向圆的一段弧

你也明白
没有什么可以打败时间
就像没有谁能够
打死自己还能活着

脸上的老年斑表明
你不是坚不可摧的
可你是个有自信的耐力者
王冠、谎言、荣誉、包金的真理
在你面前,一个不剩

时间太高了
太阳一样照着
你莫怕他笑你
你三丈二尺的身影里
会不断有人进进出出

正定隆兴寺

没什么不同的
吟唱经文、焚香
烟云接天
你，不言不语
见到了不言不语的

没什么不同的
都穿两套衣服
穿黑衣，黑如夜的湿
穿白衣，白茫茫一片雪

而在隆兴寺
当雪真的落在
错落有致的重檐上
雪，一场雪
像一件衣裳找对了主人

紧跟其后的是寂静

一片一片地下着
带着天空深处白的美
像遇着了知己

最后来的是佛
等一切静了，净了
他才来

第五辑　当你平静

致屈原大夫

敢在一个国家河流里游泳
一定是位健将

似乎只是一个蛙泳的动作
展开,合掌
展开,合掌
是给流经的水流信息吗?

你会累的,一定会的
流水不止啊

不如用减法
学鸟,用翅膀
在天空里游

不如再用减法
学星星,用心
在银河里游

五月，云一样从我们面前飘过

五月
像抹了彩的，加厚的云
从我们面前飘过

我们不会采

如半边天低低的云
苇叶
已备足了重量

会采摘的是一位老人
她用拇指和食指
触摸着：
正面像她的儿子，是她的光彩
背面像她自己，有突出的腰椎

如果你们同意，请举杯！

这是新的一天
酒杯透明
在高处置身

在一个名叫红草湖的公园里
早晨的阳光那么清淡
红桥下，依音量和身高排序：
红草的微漾
流水
放养的光阴

一棵紫薇，奢侈了
挂满一树的小花
一对比麻雀小的鸟
从一个枝头跃上另一枝
又从另一个枝头跃跳到枝丫
世界那么大
它们找到了真实

我们呢，身体比小鸟大得多
我想把那棵紫薇放大成公园
再把公园放大成世界的核
如果你们同意，请举杯！

第五辑　当你平静

置

上海很大

那里的人群是一把筛子
我就是那筛下的一粒
在高楼和高楼之间
我，可以忽略不计

假如
从另一个星球上朝这边看
比如从比地球小的月亮上看
上海会不会是一个
和其地方没有两样的点
或者是一个看不见的无

在梅林

在梅林
红梅、腊梅和白梅
她们生出的花朵
由她们的千手举着

男人、女人和孩子
他们好看的衣服
由他们的身体举着

她们和他们
各自举着自己的旗
而梅林举着洁净
屏住呼吸

鸟先飞起
从一枝到另一枝
颤动,似微笑
慈眉善目的那种

雪弄停了时间

慢下来的时光
倒影水中
悔、过和旧木柱
爱、怜和春草木
一切清澈回来的事物
都那么美好

现在
你若沐浴，向善
在神到过的梅林
只需
阳光的丝线
轻轻一提

致菊花岛

桃花正浓的时候
据说春草恋上了梦泽
你正忙着招聘采花郎
而我,不能去看你

菊花遍插的时候
据说思念会成灾
而我,不能去看你

你饲养的雪
归巢的时候
据说崖石不敢提硬
砂已心碎成粉
却也不敢提轻
而我,也不能去看你

我不能去看你
我是那么的担心

雪弄停了时间

因为我
还没练好骑术

我知道
桃花仙子、菊花仙子——
你的姐妹，都已到场

我会从骑木马开始
要不了多久
我会驯服海饲养的白马
学着白浪的样子
以白色的鬃毛为旗
一圈一圈，从你们身旁经过

浑河的词典

没有虚拟词

说明也已略去

一位母亲正袒胸给孩子喂奶

这是卷首的一幅画

你的词典里

水是动词

相当于飞

遇着有关沈阳的名词

易着落

或扩大外延

或增加内涵

其间的曲折

叫追随

它近似于拥抱

关于浑河

我不敢说

我只知道
关于东方仙境之远近
关于巨斧之神力
关于沈水之阳
关于细水之细节
在新版的词典里
将要修订

第六辑

评论

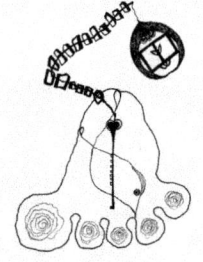

中国诗歌网第 16 期每周之星之点评

当下，似乎有越来越多的人在抱怨，诗歌距离他们越来越远了。解读他们沮丧的表情符号，我不难读出这样的两个诉求：一、大众的虚荣心仍然需要诗歌的滋润；二、诗意不再眷顾他们是不公平的。我一直在思考这个问题：为什么在一个日新月异、激情四射的时代，诗歌会脱离大众呢，抑或是大众脱离了诗歌？

我相信，有一大批诗人和我怀有同样的迷惑。时代的洪流步履匆匆，她难以抗拒的巨大惯性，裹挟着追随她的滚滚人流；潮流中的芸芸众生，唯恐落到潮流之外，他们忙忙碌碌，勤勤恳恳；他们前仆后继，奋不顾身；他们准备了太多太多的、远远超过自身体积的容器，他们企图赶上潮涌，来满足渴望已久的愿望，获取更多的幸福和喜悦。但是，他们却没有准备哪怕一件小小的容器，留意或者接纳偶尔划过心灵天幕的感伤。

诗人渴望"一早起来 / 开门见雪 / 大亮的世界 / 仿佛一生的顿悟"；但是在现实中，诗人却无法做到与世界深入地沟通和交流，人与人的身体已经越贴越近，心与心却越来越远，诗歌无法击中"世界"，因为"世界"总是太过匆匆和草率,更重要的是,"世界"的心已经荒芜。

应文浩敏锐地感应到了诗人们"唇亡齿寒"的困境和"不堪一击"的悲悯:

天空下的世界大吗?
可阳光盛下了它
这个世界善良和罪恶一样多吗?
可你看这里的阳光
多暖、多浓、多匀
——《修正》

此刻
你若有踏破之念
就会落进深渊
——《雪,弄停了我们的时间》

诗人无法要求世界,无法让世界重新思想或"静"心;诗人甚至无法阻止生活的"雪",如同一些"背着孙子的奶奶/像一块薄纸/想要包住一粒糖"(《雪,弄停了我们的时间》);但是,诗人始终相信:"我的影子,多么明亮——/它像我反复修正的过错"。

点评:简明(著名诗人、诗评家、《诗选刊》主编)

在自己诗歌中生长
——略说应文浩的创作特质

文 | 钟硕

无论题材，还是气质和形制，包括修辞特征，应文浩的写作似乎天然与"宏大"撇得很清，甚至给人摒弃"社会性"的感觉。但细读他的文字，又会被他那些貌似的不经意的"小"打动："一些事物就要结束 / 一些事物就要开始 // 秋虫吱吱声如银亮的针线 / 串起多米诺牌 / 依次倒下的声音"（《林间风》）。"此刻 / 你若有踏破之念 / 就会落进深渊"《雪，弄停了我们的时间》。"水，一旦渗入土中 / 也能像流失的日子 / 有一本厚厚的长卷 // 杯中的水则不同 / 它是误掐的秒表 / 急刹的轮子 // 直到有人愿意喝下它 / 替代血中退下的水车 / 它才想起时间对它说过的话 / 永恒也是短暂的"（《永恒》）。

应文浩的话语和感知都是特别的。这些文字以"及物"的小姿态，展现出了一种哲学语境——可见诗歌的根本无关大与小，而在于创作主体对时间本质及其不可确定性作怎样的认领。因为一个诗人无论拥有何种精神特质和价值诉求，归根结底都只干一件事——抵抗时间，以期猎获更多生命的自由和通透。

不可否认，各领风骚三五天的当今诗坛，什么知识分子写作、第三条道路、中间代、神性写作、民间写作、下半身和低诗歌，等等，其实际的创作成效都支撑不住自身的观念，重复着一种自娱性，都隐含一种获得文化标识的野心和悖论。事实上，任何"正确"都能找到"反例"，最好笑的就是一本正经的犯傻。这么说不是为了否定，是为了更大的宽厚，正视通往宙斯的路径无可穷尽。或许像应文浩这样平实地活着和写诗，少些使命感，才会成功逃脱来自外部态度的种种捆绑，令诗歌回到它自身的"原乡"。

这样的创作态势，与那些所谓的诗歌精英，还有那些把日常表象和经验进行散文化处理、偏又要以回车键炮制分行的庸人完全不同——诗歌只是它自己，无须诡辩和包装。在当下躁动的诗歌圈，像应文浩这种对诗情和诗意本位的回归，恰能搭载更多对生命与存在等抽象命题的敬畏。如：《时间的巨鸟》："如果有一天 / 我落进句号的陷阱 / 就要完了，因为那刻 / 你正屏住呼吸，站在背后"。"一群飞鸟 / 在天空中划口子 / 不留痕 / 落地后，叫一声 / 画圈标一下自己……还有你，五尺有余 / 身体不停地向前走 / 占领了一个个空白 / 又丢下一个个空白 / 似循环无终结 // 而你是偶然走进这个世纪的 / 你看见一些事物在疯长 / 世界高得晃起来"（《交替》）。

"抵抗时间才可能一直生长"，这是诗人独有的高贵。这当然是笔者的解读和赋予，应文浩本人或许只是在简单的"我手写我心"——这种自发正是原创的本真和天然，是诗者最纯正的标识。因此应文浩诗歌创作所显露出的特质，还反映在另外一个层面上，即感知是一种能力，表达是另一种能力，如何把语言和语言背后的东西一起落地，这条路从来没有坦途——若能保持一种警醒便弥足珍贵。

既要挣脱表象、顺畅、光滑的"意义和经验",更须有一种通灵的妙力,找到碎片经验中的万千气象,获得词语的独特张力谈何容易。从这个角度,每个人都有他并不自知的"滑动套路",应文浩当然不可能免俗。这个问题并不存在高和下,而是懂得逃离者才能拥有更多的生长空间:"一定是你受了伤/不然,你不会轻易成为刀片/分割事物的影子……/一定是有了质的不同/不然,为何卵石磨得那么光滑/也没能学成你的样子"。"妻子的秀发上,落了一朵//因为我知道,在这个世上/一定有许多地方,桂花开了/却无人报告消息"(《桂花开了》)。《你的名字是一面镜子》中:"你的名字,引入一面镜子/似白照着白"。

诗歌可分为三大类,可解、不可解和不必解(《四溟诗话》)。很多人忍不住去寻找意义,或出于惯性扛着观念去嫁接载体,而对"经验"自身的呈现和背后的动因视而不见。一个诗人的"着意"与"天然"是个悖论,除去不可说的那部分,更多来自文化大环境的异化,这种惯性,尤其线型的感知和心理态势,极易形成套路和陷阱。它既彰显了诗者的性灵,也遮蔽了他的触角,犹如一把双刃剑。这不是什么简单的审美多元,而是在"技艺道"方面整体的犹疑和含混。因此反过来,这种不确定性也可能成为诗人心性和智能的生长处。

无论奉行何种理念和诗学主张,能从光滑顺溜的经验套路中脱身,才是诗者的正途。翻阅应文浩的创作年表,我看到了他对经验、表像和时间这三种侵凌的不臣服:"魔术师龙/吐着火粒/拾火的人/急需看清闪过的脸//是时候了/烟花,这些苦命的女子/就要陆续出场了/这是星座的舞台/最后一场舞/今晚/白月亮,世上最慈爱的王妃/她会收她们为义女吗//一盏灯，两盏灯，三盏灯/像这个春天的叶子/会亮的，都亮起来了/此时，胆小的夜，一圈圈远去//而在更深处，有黑眼睛在偷窥/他们的心中也有一把火/他们也想成为灯/只是不敢轻易，把火弄得透明"（《灯节》）。

"火一样的透明"当然无可企及。但应文浩在他的创作历程中，一次次验证并展示了一种生长态势——单纯的应景咏物皆是意蕴的造作，并无美学价值，事物细微处的末梢，恰好承载许多的意在言外。不用刻意营造语言和理会经验的复杂，把它交给一颗诚实的心即可。这应该就是真正意义上的诗者态度。

无论是表现出审美的低能，还是智识的低能，许多人并不认怂，宁肯相信并奉持自己习惯的逻辑。为了挣脱"套路"，更有人乐此不疲玩主义和流派而落入新的陷阱，而应文浩表现出的种种谨慎和犹疑，恰好让他散发出一种可贵和不一样的烟火气。这种自我叠加和自我生成由此便有了更多的发散，并赋予他诗歌特别的肌理，值得期待。

在应文浩近期的诗歌中，更能凸现一种抒情主体与经验和语言符号在博弈中的背离感，其间的那种空白或迷思，给出了更为丰富的审美秘道，是诗歌中最珍贵也是最不能说出的那部分。如《新年，请赐我们一场雪》："请赐大雪/封山、封门/封喉//雪地入天/目一色，耳一音/万物被雪如一//大地是倾空洗净的器皿/雪下人/卸下心中之财货/如屋内腾出物件/明亮了许多/雪，周行在路上/它的虚空生白/恍白，惚白/近于和光/伊人尚有一惑/眼前的熟识/欲去其名，却不可名"。又如《雪之十》："仿佛自顾自下着/没有好恶/不给答案//雪奇怪一个人为何/前天说好美/今天落悲凉//其实雪和我们一样/来了/时间才有意义"。

诚实的诗人，一直会在自己的诗歌中生长，因为那儿不时会降下宙斯的华光："高速路上／我们是倒挂的流星／距离拉近／星眼更亮／／天上／没有忙碌／只有星游／／是夜，天地交感／世界摊开万物静美"（《愿世界静美如夜》）。这种朴实的视角，不仅撑开了万物和人间的同构感，更唤醒了我们灵魂深处的柔软，它在有着无限秘密的时空转移里，足以完成一次极具现场感的生命剖面，令场景、意蕴和心性真实咬合——他无须"宏大"，因为能以很小的切口获取内腔的阔大。

抵抗时间者，足以唤醒自己及沉睡的"未知"。应文浩是一个举重若轻、化繁就简的诗人，貌似的简单和散漫中他拥有无数独有的暗门和通道。包括他发挥不稳定，都隐藏着一种率真和独立，远比那些仅剩下写作心机的诗歌匠人来得可贵。2017年伊始，意外读到应文浩一首近乎禅意的诗《包袱》："背包袱的人／把自己交给夜／／在黑色的大包裹里／与万物一起／滚来滚去／／他圆乎／宛若一枚心"。大概这是诗人抵抗时间的又一妙方？祝福他。

（钟硕，诗人、评论家；曾获《安徽文学》评论奖、国际华文诗歌奖等多个奖项，著有诗集《绮语》等。）

从语言秩序到人间在场
——应文浩诗歌印象

文 | 蒋卫

　　现代汉语诗歌发展史不到百年，在这百年不到的时间里，现代诗歌的语言系统尚未真正完善，无论从其语境、激活、解构，及当下的意义。中国诗人所面临的困境，正面临突围的瓶颈。在大环境、主流诗歌、道德绑架等束缚之下，一些优秀的传统精神正一步步丧失，语言暴力与糜烂的社会形态意识充斥网络及纸媒刊物。如何做到既不放弃立场，又不放弃文本艺术功效，使现代汉语诗歌达到社会价值与诗性价值合一的某种高度，将是每个诗人真正的自我解放与救赎，也是现代汉语诗歌打开人性与世界的一个隧道。

　　现代诗歌的语言承载一切审美体系，及价值取向。技巧与境界大小，是另一个层面的东西。视角不同与进入的深浅，将决定一首诗歌的局限性与思想性。其内在节制的浑圆与舒展，更像是微风拂过，牢牢占据文本的核心盘地。在一切让位于语言秩序的前提下，生活的在场性尤为重要。如果前者是拆解的话，那么，后者就是一个庞大的假象，呈现在我们面前的是废墟的重建，是被瓦解的喻体，重回本体的归位。诗人应文浩的诗歌，在这方面给了我们一些有意义的参照。

一、语言秩序的主体退隐

新诗的语言是流淌的，是溪水碰击石头后发出的叮咚乐声。是在绿叶掩盖下，枝干主体变得若有若无，这种主体的自觉退隐，会让语言的辨识度更加明显。其既有冲动性，也有内在隐忍与克制，它的象征与隐喻会充分凸显出来，从而抵达个体生命的阅读体验。

应文浩的诗歌《桂花开了》（2015年第4期《诗刊》），诗人言述的不是"桂花"这个主体，诗人要表达的是幸福的含义。什么是幸福？每个人对幸福的感觉不同，如何凸显出"幸福"这个主体的生活诗意，如何在喧哗的俗世里，能寻找到一颗幸福的心？诗人借助了"桂花"与"妻子"这两个客观的生活意象，"桂花开了/报告消息的人/是早起在院子里忙碌的妻子"，平淡的语言，娓娓道来，毫无浮躁与炫技。我们不排斥诗歌语言的陌生化处理，也不抵制阅读障碍所引起的质疑。诗人在整首诗里，运用了几乎白话式的叙述结构，赋予了"幸福"的完整名义。"我一直只想做个简单的幸福人/因为我知道，在这个世上/一定有许多地方，桂花开了/却无人报告消息"。是啊，桂花开的地方一定很多，但有谁会第一时间报告花开的消息？"桂花"这个主体的遮蔽退隐，诗人只不过告诉我们，幸福是简单的，幸福是亲人会在第一时间里报告桂花开了的消息。语言的纯净性、自然性，渗透了诗人对生活思考的哲理，及鲜明的人生态度。同样在《月亮的模样》（2015年第1、2期合刊《诗歌月刊》）这首诗里，"他喜欢月亮的白——/白思念、白丝光/白心灵、白光路/他不清楚月亮还会吐出多少/他想要的白",诗人以旁观者的身份,不介入任何主观情感。"每次/月亮去后山捉黑/他都守候/渐渐地,有人看见他的脸/长成了月亮的模样"。"月亮"这个特定的主体,诗人不是要刻意的提供给读者,其所隐喻的,是诗人站在生活的高度,留给了读者更多的旁白与探索。就仿佛"看戏的人,他可能也是戏中人,而观看落日的人,他不可能成为落日"。

意在言外。诗歌秩序的主体退隐,更是一种手法。手法区别与技巧,区别与制造,也区别与盲从。一首好诗是清澈、透明、精粹的,也是一幅画中部分的隐身。而这种镜头外的空旷,是一首诗歌主体退隐以后,所产生的艺术审美效果。

二、语言秩序与世界的矛盾到和谐

伊丽莎白·詹宁斯说:"写诗就是追求一种秩序。"这种秩序说到底,就是语言的内在秩序。现代诗歌的语言秩序是解放的,是对峙的。是自我的对峙,以及与世界的矛盾而引发的战栗。一首好的诗歌就是为了解决这个世界、生活,和个体内心的关系。它会令人产生一种虚脱之力!应文浩的诗歌初步形成了纯粹与谦卑的美学风格,这是其本人内心的修养与学识呈现的。

在《抄袭》(2015年第1期《扬子江诗刊》)这首诗里,诗人的语言精纯,性情、质地柔韧,充满浓厚的生命气息。这种自我挖掘与觉醒的过程,构建了一个双重体验的丰富的诗歌世界。"在夜的身体完全进入秋林的时候/在可以把根须埋得够深的地带/他把自己栽在林间/别去猜他/天黑灯愈亮/想借林中静夜举起灵魂的人/多半有着别人难以猜测的幸福"。诗歌遵从内心的召唤,而不承载任何外在的强加给她的使命和意义。这种平稳的叙述策略,所带来的语言气质,足够让困局中的黑暗带来一丝曙光。"次日清晨/筛过的阳光沙粒/散在他站过的地方/几片枯叶,几片黄叶/压着两片绿色的叶子/像一个人/十指捂住隐隐作痛的胸口"。为什么会隐隐作痛?世界的?还是内心的?究竟发生了什么?诗人没有说。语言所带来的发散性与歧义性,必定是海拔,或是深渊,必定是空谷回响,犹如小小翠鸟的身躯。诗人与万物观照、矛盾,又相互通融的态度,才是诗歌世界真正的有力彰显。

无论是《时间的巨鸟》(2014年第10期《诗潮》),"如果有一天/我落进句号的陷阱/就要完了,因为那刻/你正屏住呼吸,站在背后",还是《生活》(2015年第1、2期合刊《诗歌月刊》)"这次/我是真的看见了另一只手/倾倒,注入/那些沿壁爬近杯口的珠滴/想升未升,又滚落下来",诗人借助了万物,倾诉于笔端,浑然而通达,抵近又不靠近,让诗兴的统领拔高到外部客观世界的精神底座上。多元的世界,与多元化写作,必定会把现代诗歌带进多维的重新命名的世界。当更多诗人迷惘于写什么,或者怎么写,纠结于传统手法,或者先锋叙述时,我们是否更好地处理了内心世界与外部世界的对立矛盾,到和谐抵达?每个诗人心中的罗马都不尽相同,作为艺术形态之一的现代诗歌,唯有让"万物现身",再让"天人合一",才是真正诗歌艺术之化境。

三、语言秩序所带来的颠覆性与革命性

现代诗歌除了手法上的多元化外,汉语言本身的博大与迷人指向决定了一首好诗的品质。从20世纪80年代的

"伤痕文学"反思批判激活,到90年代的"知识分子写作",以及后期的"口语叙述策略转型",无不体现了现代汉语言诗歌所带来的颠覆性与革命性的强大功效。诗人作为个体存在的思想容器,更加注重了生命的体验,社会思考,以及对灵魂的关注度。当语言的箭矢触及这个世界的靶心后所产生的穿透力、破坏力,从某种意义上来讲,现代诗歌承担与被绑架了"收拾大众心理残局,社会义务,与道德底牌"(白鸦)。

应文浩的诗歌《自由钟》(2014年第4期《滇池》)这样写到:"我见过一个国家,在国家广场/给一个爱鸟的人立的纪念碑/那碑顶直接击向云漠后的虚无/像一个高度/想要走向另一个高度"。这仿佛是一种障眼法,等着我们去穿透迷雾而得到真相。这种沉重感与对历史的思考是诗人道义与良知的一种自我反省。"现在,他走了好多年了/铁鸟不走/疾风一来/它会在枝头不停地叫喊/就有人猛然想起些什么"。无论真相是什么,无论文本的开阔空间提供给读者一个怎样的审视,这种"真切的个人生活和具体历史语境的真实性之间达成同步展示"(陈超),是诗人的人文情怀与悲悯情怀的人生态度。再比如《鸟飞过的时候》"鸟飞过的时候/有走和奔跑喘息的声音/鸟飞过一座时间的坟/用啪啪的声音/测算着自己的高度"。诗歌语言的颠覆性与革命性很多时候都是在破坏中再重新建立,这种"破中有力"的真实世界与虚拟世界的价值认同,带给人们的心理冲击是深远长久的,令人怀着深深的敬意。诗中"鸟"为真实世界的一部分,而"时间的坟"则为虚拟世界的感知,当这一切被诗人捕捉到的时候,一个新的象征世界就被重新构建起来。这种四两拨千斤引发的阅读系统共鸣,得以让诗兴与现实生命高傲的复活。

诗歌总与哲学相伴，一首优秀的诗歌，总是艺术性和哲学性共存。诗歌与哲学，在灵魂深处是相通的。应文浩的诗歌大多取材于平凡生活的片段场景，加以高度凝练与概括，发掘出崭新的生命体验与爱和美的表现张力。他的语言的思辨性无处不在，常规和颠覆思维相互穿透又相互圆融，从而进入了形而上之本体世界，再超越了相对性和有限性。语言秩序带来的文本撼动性，是给这个世界留下的精神火炬。

无论语言秩序带来何种表现意识形态，现代诗歌的在场性，是诗人在这个现实世界必须要面临的问题。面对生存的挑战，大环境与政治气候的影响，思考的挣扎与突破，如何让诗歌的在场性呈现出当下意义？这成为每个诗人要探索或争议之处。应文浩的诗歌有明显的知识分子或中产阶级写作痕迹，他的大部分文字在对个人生命体验与自然和城市间的关注有着密切关系。"清晨，远处群山奔向蓝天／阳光，如荡漾出的幸福／此刻，我守着／群山空出的世界……抬起头，我和它们看见／铺满星子的天空／幽幽地，比群山顶的／来得深邃"《我和它们的天空》（《中岳诗刊》（新诗选粹）190期）。在意象营造上，他的语言有着很大程度的可亲近性与召唤性。"十二点零八分／是舞动的时候了／烟花筒的龙头，千响小鞭的龙身／那条滚动的响，闪着金光／仿佛一组激动得发狂的眼神……在散着火药味的路上／我看见了幸福爆炸的样子／还听见了带有尖头的笑声：／听一听吧，过路人／这些都是幸福脱下的壳"《幸福声拦住了我回家的路》（2015年第1、2期合刊《诗歌月刊》）。在其象征和隐喻的背后，让读者有着更多性深层意义的追寻。

海德格尔在评价荷尔德林时说"诗人永远从事精神的

创作，永远在时代的暗夜中歌唱"。是啊，我们每个人居住在这个充分象征化、变形化和语义化的世界之中，诗人如何保持一份独醒意识是多么重要。诗人应文浩的诗歌在发现美、追寻美，在对终极意义的诗歌表现方式上一定有自己独到的认识和求索。用诗人自己的话说："谁的眼睛，给予了世界美"，谁的眼睛能打开诗歌的另一个世界，无疑就重塑了这个世界的精神之美，与持久的艺术价值。

（2015-08-22）

（蒋卫，诗人，安徽省作协会员。曾获"桃花潭国际诗歌周征集奖"，"第三届中国诗河·鹤壁"诗歌奖等。出版诗集《遥远的天堂》）

图书在版编目（CIP）数据

雪，弄停了时间 / 应文浩著 . -- 北京 : 线装书局，2017.10（2018.5）

ISBN 978-7-5120-2906-4

Ⅰ.①雪… Ⅱ.①应… Ⅲ.①诗集 – 中国 – 当代 Ⅳ.① I227

中国版本图书馆 CIP 数据核字 (2017) 第 255619 号

雪，弄停了时间

作　　者：	应文浩
责任编辑：	曹胜利
出版发行：	线装书局
地　　址：	北京市丰台区方庄日月天地大厦 B 座 17 层（100078）
电　　话：	010-58077126（发行部）010-58076938（总编室）
网　　址：	www.zgxzsj.com
经　　销：	新华书店
印　　制：	虎彩印艺股份有限公司
开　　本：	787mm×1092 mm 1/16
印　　张：	15.25
字　　数：	210 千字
版　　次：	2018 年 5 月第 1 版第 2 次印刷
印　　数：	1001—3000

线装书局官方微信

定　　价：39.80 元